Made in the USA
Monee, IL
14 June 2021

71229795R00057